개미는 왜 베짱이를 돕지 않나요?

브리지프 라베는 작가입니다. **피에르 프랑수아 뒤퐁 뵈리에**는 소르본 대학에서 철학을 가르치고 있어요. **자크 아잠**은 일러스트레이터로 〈철학 맛보기〉 시리즈의 모든 그림을 그렸으며, 만화도 그리고 있습니다. 이 책을 우리말로 옮긴 **이은신** 선생님은 한성대학교에서 의상학을 전공하고, 파리 제1대학 팡테옹 소르본 대학원에서 응용 예술학 석사 학위를 받았습니다. 이후 프랑스 파리 무대의상학교(ATEC)를 졸업하고 지금은 아이를 키우며 전문 번역가로 활동하고 있습니다.

철학 맛보기 28 개미는 왜 베짱이를 돕지 않나요? — 부와 가난

지은이 · 브리지프 라베, 피에르 프랑수아 뒤퐁 뵈리에 | **그린이** · 자크 아잠 | **옮긴이** · 이은신
첫 번째 찍은 날 · 2014년 1월 15일
편집 · 김수현, 문용우 | **디자인** · 박미정 | **마케팅** · 임호 | **제작** · 이명혜
펴낸이 · 김수기 | **펴낸곳** · 도서출판 소금창고 | **등록번호** · 2013-000302호
주소 · 서울시 마포구 포은로 56, 2층(합정동) | **전화** · 02-393-1174 | **팩스** · 02-393-1128
ISBN · 978-89-89486-88-6 64860
ISBN · 978-89-89486-80-0 64860(세트)

철학 맛보기 ㉘ 부유함과 가난함

| 브리지뜨 라베 · 뒤퐁 뵈리에 지음 | 자크 아잠 그림 | 이은신 옮김 |

개미는 왜 베짱이를 돕지 않나요?

철학 맛보기의 메뉴

우정
행복
시간
우정
친절
우정
시간
우정
용감함
지성
자신감
행복
사랑
사랑
사랑
사랑
자신감
행복
지성
재능
용감함
사랑
재능
용감함
사랑

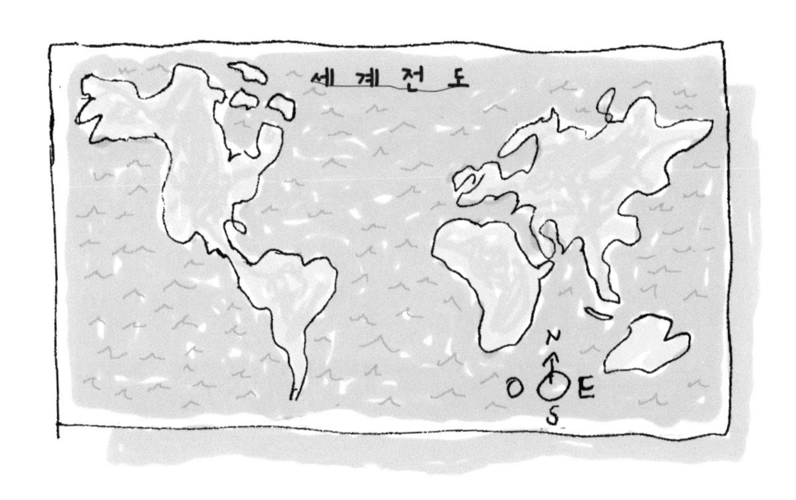

아프리카의 작은 마을에 세상에서 가장 가난한 아이들이 삽니다. 이 마을의 열 살 난 여자아이들은 학교에 가 본 적도 없어요. 물과 음식을 얻기 위해 하루 종일 쉬지 않고 일해야 한답니다. 머리에 무거운 짐을 이고 매일 두 시간씩 걸어 다니지요. 남은 시간에는 카사바의 뿌리를 벗겨 찌거나 가루를 만들어 죽을 쑤는 일을 해요. 이 아이들은 보통 열두세 살이 되면 결혼을 하고, 아기를 낳아 등에 업고 다니며 일을 합니다. 이들의 평균 수명은 서른다섯 살 정도이며, 그때까지 몇 명의 아이를 더 낳아 기르지요.

미국, 오세아니아, 아시아, 유럽, 아프리카 등 세상 곳곳에는 비참한 생활을 하는 사람들이 많이 있어요. 오로지 생존을 위해 평생을 힘들게 일하고 고생하며 산답니다. 극심한 가난과 비참함은 이들의 삶을 옥죄는 감옥과 같아요.

이처럼 오로지 살아남기 위해 벗어나려고 싸워야 하는 가난이란 무엇일까요? 그리고 부란 무엇일까요?

베짱이 아이들과 개미 아이들

다들 라퐁텐의 우화 '개미와 베짱이' 이야기는 알고 있을 거예요. 베짱이가 여름 내내 노래를 부르며 노는 동안 개미는 죽어라고 일을 하지요. 추운 겨울이 오자 베짱이는 먹을 것도 없이 추위를 피할 곳을 찾아 떠도는 신세가 돼요. 하지만 개미는 열심히 일한 덕분에 아주 따뜻하고 편안하게 지낼 수 있었지요.

그런데 이 우화에 결말은 어떻게 되었을까요? 그 베짱이와 개미의 아이들이 커서 어른이 되고, 그들에게는 어떤 일이 일어났을까요?

베짱이네 아이들은 여름 내내 열심히 일했지만 추위가 닥쳐오자 먹을 게 아무것도 없었어요. 추위를 피할 만한 집도 없었고요. 모두들 배가 고프다고 아우성을 쳤답니다.

아이들은 옆집 개미네 아이들을 찾아갔어요. 봄이 올 때까지 식량을 조금만 꾸어 달라고 사정했지요.

"더운 여름날 너희는 뭘 했니?"

"쉬지 않고 일했지. 그런데도 우리는 늘 이렇게 가난해."

"늘 가난하다고? 그거야 어쩔 수 없지! 가난은 너희 스스로 해결할 문제라고! 우리가 뭘 도와줄 수 있겠니?"

베짱이 아이들은 추위에 떨며 서로 몸을 꼭 붙이고 길을 떠나요. 고개를 푹 숙이고 허기진 배를 움켜쥐고 말이에요. 반면에 개미 아이들은 따뜻한 벽난로 주변에 둘러앉아 잔치를 벌이지요.

이 부자 개미들은 어째서 가난한 베짱이들을 도와주지 않는 걸까요? 추위와 배고픔에 떨며 밖을 헤매게 하는 걸까요? 부유함과 가난함에 대한 이 이야기는 정말 불공평하기 그지없지요.

로빈 후드의 잘못인가요?

로빈 후드는 두 명의 경찰관의 감시를 받으며 피고석에 앉아 있습니다. 재판정에는 많은 사람들이 로빈 후드를 보려고 몰려왔지요. 한쪽에 자리를 잡은 부자 신사들과 그들의 변호사들의 얼굴에 미소가 번졌어요. 이 악당 같은 도둑이 결국 벌을 받게 되었거든요!

"피고는 일어나시오!"

판사의 말에 로빈 후드가 자리에서 일어섰습니다.

"피고는 여기 이 신사들의 돈과 보석, 그리고 다른 재산을 훔쳤습니다. 당신은 도둑질로 고소당했으며 감옥에 갈 위험에 처해 있습니다. 자신을 변호할 말이 있으면 해 보시오."

그러자 로빈 후드의 변호사가 입을 열었습니다.

"판사님, 로빈 후드는 자신을 위해 도둑질을 한 것이 아닙니다. 정확히 말하면 어떤 것도 훔치지 않았다고 할 수 있습니다. 그는 단지 부를 함께 나누려고 한 것입니다. 로빈 후드는 이 신사 분들에게 훔친 돈을 이 마을의 가난한 사람들에게 나누어 주어 그들이 배고픔과 추위에 죽지 않도록 한 것입니다. 사람들의 생명을 살린 것이 죄입니까?"

재판정 안에 있던 마을 사람들이 우레와 같은 박수를 쳤어요.

"말 잘했어요, 최고예요!"

여기저기서 환호성이 터져 나왔습니다.

"말도 안 돼!"

부자 신사들의 변호사들은 분통을 터트렸어요.

"조용히들 하세요!"

판사가 머리를 긁적이며 말했습니다.

우리는 판사가 왜 당황해 하는지 이해합니다. 알고 보면 틀린 말도 아니니까요. 로빈 후드는 과연 도둑일까요, 구원자일까요? 그는 무법자일까요, 영웅일까요? 많은 사람들의 생명을 살리는 누군가를 감옥에 집어넣을 수 있을까요? 그렇다고 부자들의 돈을 훔친 사람을 풀어 줄 수 있을까요?

판사는 중요한 결정을 내려야 하는 상황에서 머리가

아플 수밖에 없지요. 만일 로빈 후드가 유죄 판결을 받는다면 이것은 사람들이 굶어 죽어 가는 것을 내버려 두어야 한다는 뜻일까요? 또 만일 로빈 후드가 무죄 판결을 받는다면 이것은 은행, 보석상, 슈퍼마켓, 부자, 유명 연예인들의 돈을 훔쳐도 된다는 것일까요? 부를 가난한 사람들에게 나눠 준다는 명분으로 그런 일을 해도 되는 걸까요?

공격!

"빵집 주인은 정말 나빠요!"

빅토르는 빵집을 나오며 갑자기 소리를 질렀어요.

아빠는 깜짝 놀라 아들을 쳐다보았지요.

"빵집에 케이크가 얼마나 많은지 아빠도 보셨죠? 바게트 빵은요? 아마 200개는 훨씬 넘을걸요! 가난한 사람들에게 이 빵을 좀 나눠 주면 얼마나 좋아요? 식당도 마찬가지예요. 왜 거지들에게 밥을 주지 않는 거죠? 슈퍼마켓에서는 그 많은 물건을 가난한 사람에게 조금씩 나눠 줄 수도 있잖아요. 호텔에도 분명 빈방이 많을 텐데 왜 사람들이 길에서 자도 모른 척하나요? 그뿐이 아니에요…"

빅토르가 갑자기 로빈 후드가 된 걸까요? 친구들, 가족, 마을 사람들을 동원해 부자를 공격하러 가자고 할

기세네요. 물론 안 될 이유가 없다고 생각할 수 있습니다. 하지만 곰곰이 생각해보면 이렇게 되면 심각한 문제가 발생하지요. 과연 누가 이런 말을 할 수 있을까요? "이 사람은 부자니까 돈을 훔치자. 저 사람은 부자가 아니니까 그냥 내버려 두자"라고요. 또 어느 정도의 돈을 훔쳐야 할까요? 훔친 돈은 어떻게 나눌 건데요? 이 사람에게는 얼마를, 저 사람에게는 얼마를 줘야 할까요?

갑자기 부자가 된 사람은 혹시 빅토르와 그 패거리가 몰려와 자신의 돈을 훔쳐 가지 않을까 벌벌 떨겠죠! 빅토르와 로빈 후드가 있는 나라에 사는 것을 상상할 수 있나요?

"그럼 어떻게 해야 하는데요?"

빅토르가 비난하는 눈초리로 아빠를 바라보며 따져 묻습니다.

바게트 빵 하나 주세요!

만약 빵집 주인이 동네에서 가장 맛있는 바게트 빵을 만든다고 해봅시다. 동네 사람들 모두가 그 집에 와서 빵을 사고 싶어 한다고 말이에요. 그래서 빵집 아저씨가 돈을 많이 벌었다면 그가 못되고 이기적이고 인정이

없는 사람이라고 할 수 있나요? 빵집 아저씨는 사람들의 돈을 억지로 빼앗기 위해 총을 겨눈 것도 아니지요. 그저 물건을 팔았을 뿐이랍니다. 돈을 받고 빵을 판 것이지요. 물건을 파는 것은 좋은 것도 나쁜 것도 아니고, 정의로운 것도 부정한 것도 아니에요. 또 그것을 못됐다, 착하다, 훌륭하다, 형편없다라고 판단할 수 있는 게 아니지요.

어쩌면 빵집 주인은 고약한 사람이어서 직원들에게 못되게 굴 수도 있겠죠. 그 반대로 매우 착하고 정의로운 사람일 수도 있고요. 하지만 물건을 파는 것을 가지고 좋고 나쁨을 가릴 수는 없답니다. 그냥 물건을 사고파는 행동일 뿐이니까요.

그럼, 우리는 어떻게 해야 하죠?

이 질문에 답하기란 쉽지 않아요. 가끔 세상에서 일어나는 일 중에는 정확한 답을 찾기 어려운 것도 있답니다. 하지만 어떤 나라에서는 이 질문을 계기로 거기에 대한 답을 찾아 나서기도 하죠. 로빈 후드처럼 부자의 돈을 가난한 사람들에게 나누어 주는 나라도

있고요. 그렇다고 로빈 후드처럼 남의 것을 훔치는 일은 하지 않아요. 모든 사람들이 모두 인정할 수 있는 방법을 찾아내는 거죠. 예를 들면 거기에 관련된 법을 만드는 거예요. 돈을 많이 버는 사람들에게서 거둬들인 세금을 돈이 필요한 사람들에게 되돌려 주는 일을 하는 것입니다.

내가 다른 사람으로 태어났다면

윌트는 세계 최고의 농구 선수예요. 수만 명의 관중들이 그의 경기를 보기 위해 입장권을 사려고 난리가 나지요. 윌트의 경기가 벌어지는 날이면 사람들은 멋진 저녁 시간을 보낼 수 있답니다. 관중석에 앉은 사람들은 경기에 푹 빠져듭니다. 자기가 좋아하는 스타를 보기 위해 30달러짜리 티켓을 끊어 경기장에 들어온 것을 전혀 아까워하지 않는답니다. 그리고 윌트는 수백만 달러를 벌지요.

윌트는 수입의 얼마를 떼어 정부, 국가에 세금으로 내야 해요. 왜 법은 그가 가진 부 중 일부를 다른 사람에게 나누어 주게 할까요? 윌트는 그동안 번 돈으로 이미 부모님과 자기 형제자매들을 돕고 큰 집까지 사 주었답니다. 그런데도 윌트가 학교, 병원, 도로, 다리를 짓기 위한 세금을 내야 하는 이유는 뭘까요? 왜 알지도 못하는 사람들의 안전을 책임지는 경찰을 위해 세금을 내고, 실업 급여나 건강 보험 등에 도움이 되기 위해 세금을 내는 걸까요? 윌트는 이런 것에는 전혀 관심이 없어요. 윌트에게는 보디가드가 있어서 안전하게 살고 있으며, 아직 아이도 없으니 학교는 당연히 윌트와 상관이 없답니다. 세계 최고의 의사에게 진료를 받을 만큼 돈이 많고, 헬리콥터, 개인용 비행기가 있으니 도로 문제를 신경 쓸 필요도 없고요.

● 어느 날 한밤중에 윌트는 소리를 지르며 잠에서 깼어요. 벌떡 일어나서 거울을 들여다보았지요. 지금까지 이렇게 무서운 악몽은 처음 꾸었답니다. 꿈속에서 윌트는 열네 살이었는데, 다리가 갑자기 짧아지더니 난쟁이가 되어 버렸지 뭐예요. 윌트의 팀에서는 난쟁이가 된 윌트가 경기에 나가는

걸 원치 않았어요. 윌트는 경기 내내 벤치에 앉아서 감독이 자기를 불러 주기만을 기다립니다. 하지만 그럴 일은 절대 없을 거예요. 윌트는 이미 팀에서 쫓겨났기 때문이지요.

꿈속에서 윌트는 하루아침에 사람들한테서 버림을 받았어요. 농구 선수로서의 재능 덕분에 쌓은 어마어마한 부가 더는 남아 있지 않게 된 것이지요.

만약 꿈이 아니라 실제 일어난 일이라면 윌트의 삶은 어떻게 되었을까요?

만약 내가 귀머거리로 태어났다면 어떻게 될까요? 장님이 된다면 나의 인생은 어떻게 될까요? 내가 다치거나 아파서 휠체어에 앉아 있다면? 일자리를 잃어버리면? 늙으면요?

윌트에게는 사람들에게 너그러워야 할 의무가 없어요. 우리는 내가 가진 것을 다른 사람에게 나누어 주고, 빌려 주고, 친절하고 자상하게 대할 의무는 없지요. 하지만 혜택을 받지 못하는 사람들을 보호해 달라고 국가에

요구할 수 있고, 사람들끼리 서로 도움을 주고받을 수 있는 기구를 만들어 달라고 할 수는 있지요. 우리는 이 나라에서 함께 살아가는 다른 사람들의 자리에 서서 생각해 보고, 모두를 위한 정의로운 법을 만들려고 할 수 있어요.

누가 사랑하는 사람을 얻고 싶은가요?

신문이나 잡지, 텔레비전을 보면 돈에 대해 많은 얘기를 해요. 퀴즈 프로그램에 나가 상금으로 어마어마한 돈을 번 사람도 있어요. 복권이 당첨돼 한순간에 억만장자가 되기도 하고요. 그리고 비싼 호텔을 드나드는 스타들의 모습도 눈에 띄죠. 광고에서는 엄청나게 비싼 자동차를 사라고 하지요. 결국 사람들의 마음속에는 자신도 언젠가는 부자가 될 거라는 기대가 자리 잡게 되지요. 이런 생각은 사람들의 머릿속을 떠나지 않습니다.

학교, 집, 식당, 문화센터, 도서관, 공원 등에서 어른들을 상대로 설문조사를 해보면 어떨까요? "사람들이 이 두 가지 중에서 어떤 선물을 받고 싶어 할 거라고 생각하세요?"라고 말이지요.

① 사랑하는 사람

② 돈이 엄청나게 많지만 사랑하지 않는 사람

설문조사 결과를 놓고 내기를 해 볼까요?! 대부분의 사람들이 선택한 대답은 첫 번째, 사랑하는 사람입니다.

물론 우리는 살아가는 데 돈이 필요하고, 그 누구도 사랑과 깨끗한 물 없이는 살 수 없답니다.

하지만 우리 주변에서 일어나는 일을 살펴볼까요? 충분한 돈을 갖고 있는 사람들이 더 많은 돈을 벌기 위해 시간을 보내고 있지는 않나요? 그렇지 않아요! 그들은 산책을 하고, 카페에서 이야기를 나누며, 신문이나 책을 읽

고, DVD를 보고, 영화관이나 극장에 가거나 축구를 보러 경기장에 갑니다. 음악을 듣고, 자전거를 타고, 돈 외에 다른 것에 대해 관심을 갖습니다.

물론 자신이 가진 부에 집착해 이리저리 돈을 굴려 더 많은 부를 얻으려는 사람들도 있어요. 하지만 그런 경우는 많지 않아요. 보통 사람들이 모두 더 큰 부자가 되려는 생각을 갖고 있다고 볼 수는 없으니까요.

아름다운 목소리를 사 주세요!

"우리 룰루, 생일 선물로 뭘 갖고 싶니? 마이크? 아니면 노래 연습을 위한 전자피아노?"

"아니요! 제게 아름다운 목소리를 사 주세요!"

엄마가 그 말을 들으시더니 웃으셨어요.

"아름다운 목소리는 돈으로 살 수가 없단다!"

룰루는 실망했습니다. 가수가 꿈인 룰루는 아름다운 목소리를 갖고 싶거든요.

"그럼… 선물로 제 친구 칼의 뽀뽀가 받고 싶어요."

엄마는 다시 깔깔거리며 웃으십니다.

"그건 가게에서 파는 게 아니잖니?"

룰루는 기분이 상했어요. 엄마가 자기를 놀리는 것 같았답니다.

"이것도 안 된다, 저것도 안 된다 하실 거면서 내가 뭘 원하지는 왜 물어보신담?"

룰루는 곰곰이 생각합니다.

"아, 그거야! 엄마, 선물로 수영장에 가서 물속에 뛰어들 때 느끼는 무서움을 없애 주세요."

"얘야, 엄마는 마법사가 아니란다!"

엄마가 짜증스럽게 말씀하셨어요.

"백설 공주의 새엄마인 왕비는 무엇을 가장 원할까요?"

"아름다움이요!"

"신데렐라의 언니들은요?

"왕자님의 사랑이요!"

"그럼 문어 다리를 가진 마녀 우르술라가 원하는 것은요?"

"인어공주 아리엘의 아름다운 목소리요!"

"그럼 성에 갇혀 있는 무서운 야수가 가장 원하는 것은 무엇일까요?"

"미녀가 자기를 사랑해주는 것이요."

사랑, 우정, 재능, 친절, 지혜, 정직, 자신감, 행복, 용기, 시간… 이 모든 것에 대해 룰루는 아직 잘 몰라요.

하지만 돈으로 모든 것을 살 수는 없어요. 사람들이 원하는 대부분의 것들은 돈으로 살 수 없는 것들이랍니다.

너무 갑갑한 인생

쉬는 시간에 아무도 미미와 놀아주지 않아요. 불쌍한 미미! 알렉스는 불쌍하게도 다리가 부러졌어요! 불쌍한 마리안느는 받아쓰기에서 빵점을 맞았어요! 친구들이 로잘린과 헤어진 조제를 위로해 주었어요. 불쌍한 조제! 토마는 벌을 받아 오후에 영화관에 갈 수 없게 되는 바람에 친구들의 원망을 들어요. 불쌍한 토마! 캉텡과 클레망스는 바닷가로 휴가를 떠났는데 불쌍하게도 계속 비가 왔어요! 불쌍한 장은 신용 카드를 도둑맞았대요!

미미, 알렉스, 마리안느, 조제, 토마, 캉텡, 클레망스, 장에게 "불쌍하다"고 말할 때 돈이 없거나 먹을 것, 집, 옷, 장난감이 없어서 그렇게 말하는 것이 아니에요. 우리는 이 말의 의미를 안답니다. 뭔가가 부족하고, 친구들과 놀거나 영화관에 가거나 친하게 지내는 데 방해가 되고 어려움을 겪는 것을 얘기한다는 걸 말이에요.

불쌍한 공주! 공주는 무척 아름다운 정원이 있는 멋진 궁전에 살아요. 하지만 마을에 가는 것은 금지되어 있어요. 또 얼굴을 완전히 가리지 않고는 정원 산책도 할 수 없답니다.

신선한 바람을 직접 피부로 느끼지도 못하고, 친구들과 뛰거나 달리거나 헤엄치고 구르고 깔깔거리며 웃을 수 없는 삶이란 어떤 것일까요? 공주는 만 벌이나 되는

드레스와 다이아몬드 광산과 돈이 그득한 금고를 갖고 있지만 사는 재미가 없답니다. 하고 싶은 것을 마음대로 할 수가 없기 때문이지요.

우리는 흔히 돈이 없어 어려움을 겪는 사람을 보고 불쌍하다고 말해요. 하지만 남들이 쉽게 누리는 것을 갖지 못하거나 하고 싶은 걸 할 수 없을 때에도 불쌍하다는 표현을 쓴답니다.

도대체 어떻게 했을까?

도대체 어떻게 했을까요?

마크는 책을 살 돈이 없는데도 벌써 책을 100권도 넘게 읽었대요!

조와 마리는 세 명의 아이들을 가르칠 만한 돈이 없어요. 그런데 어떻게 세 아이 모두 글을 읽고 쓰고 셈을 할 수 있을까요? 역사, 지리도 알고 외국어도 두 개나 할 줄 안다고요!

뤽은 배를 살 만큼 부자가 아니고 보트도 없는데 강 건너에 있는 회사에 가요.

엘로이는 피카소 그림을 살 만한 돈이 없어요. 그녀의 남자친구 루는 수영을 좋아하는데 집에 수영장을 만들

수 없어요. 그렇지만 엘로이는 진짜 피카소 그림을 자주 보고, 루는 매일 아침 수영을 해요.

마크, 조, 그리고 마리, 뤽, 엘로이와 루는 황금으로 둘러싸인 집에 살지 않아요. 그렇지만 마크는 세상의 모든 책을 읽을 수 있고, 선생님들은 조와 마리의 아이들에게 모든 과목을 가르칩니다. 뤽은 매일 다리를 지나

강을 건너죠. 엘로이는 위대한 작가들의 그림을 감상할 수 있고요. 루는 매일 수영을 한답니다. 어떻게 이 모든 것이 가능할까요?

간단해요. 우리가 사는 이곳에는 공공 도서관, 무료로 다닐 수 있는 학교, 다리, 가끔씩 공짜로 들어갈 수 있는 미술관이 있고, 싼 가격으로 다닐 수 있는 수영장이 있기 때문이지요. 그래서 이 많은 것들이 가능하답니다.

마크, 조와 마리, 뤽, 엘로이와 루는 많은 돈을 가지고 있지 않아요. 돈이 많은 부자가 아니라, 가능성이 많은 부자들입니다.

거리에 왜 이렇게 개똥이 많지?

매일 아침, 브렝카르 부인은 강아지가 데리고 산책을 나갑니다. 당연히 해야 할 일이죠. 브렝카르 부인이 사는 곳은 아파트이기 때문에 강아지가 밖에 나가 똥을 누어야 해요. 브렝카르 부인은 매일 같은 길을 걷습니다. 아파트를 나와 오른쪽으로 돌아 초등학교 앞을 지나 아래쪽 길을 건너 이어진 도로를 따라 집으로 돌아옵니다.

오늘 아침 오노레는 학교에 늦었어요. 교문이 닫히기 전에 도착하기 위해 정신없이 뛰었답니다. 그런데 갑자기 발에 뭔가 미끄럽고 물컹한 것이 닿았지요. 으, 안 돼! 개똥이었답니다!

오노레는 너무 속이 상했어요. 그렇지 않아도 늦었는데, 신발까지 깨끗하게 닦아야 하거든요. 신발이 더러우

● 면 선생님이 교실에 못 들어가게 할 테니까요.

그런데 브렝카르 부인은 대체 무슨 생각으로 그러는 걸까요? 어떻게 자기 강아지가 눈 똥을 치우지도 않고 천연덕스럽게 산책을 할 수 있죠? 강아지가 자기 집 거실 한가운데에 똥을 누어도 그냥 내버려 둘까요? 오노레는 부인의 집에 들어가서도 개똥을 밟게 될까요?

그렇지 않아요! 브렝카르 부인은 집 안을 늘 깨끗이 치운답니다. 그럼 이것을 어떻게 설명해야 할까요? 부인의 거실과 도로는 어떤 차이가 있나요? 브렝카르 부인에게 이 둘은 전혀 다른 곳이에요. 거실은 부인의 것이지만, 도로는 그 누구의 것도 아니니까요.

만일 그렇다면 브렝카르 부인은 뭔가 단단히 잘못 생각하고 있는 게 틀림없어요! 아주 중요한 한 가지를 잊고 있는 거죠. 이 도로는 모든 사람들의 것이고, 그러니 부인의 것이기도 하다는 사실을 말이에요.

사람들이 각자 생각하는 것보다 훨씬 부자인 나라가 있지요. 공공 정원, 공원, 모래사장, 놀이공원, 도로, 도서관, 수영장, 운동장, 박물관, 학교, 대중교통… 이 모든 공동의 부가 각자의 부이기도 하니까요.

정치하는 사람들

폴린은 요즘 마음이 편안해요! 두 달 전부터 넷이나 되는 동생들과 실랑이를 벌이지 않고 혼자서 조용히 숙제를 할 수 있게 되었거든요. 그동안은 엄마에게 제발 동생들이 자기 책과 공책에 손대지 않게 해 달라고 수도 없이 말해야 했답니다. 이젠 아빠가 텔레비전을 크게 틀어 놓아도 상관없지요. 널찍한 곳에서 조용히 공부에만 집중할 수 있게 되어 폴린은 너무 좋았어요! 게다가 오빠에게 컴퓨터 좀 쓰자고 사정하지 않아도 돼요. 마음대로 인터넷 검색을 할 수도 있답니다. 선생님도 폴린의 이런 변화를 눈치채셨어요. 성적이 쑥 올랐고, 수업 시간에도 진도를 잘 따라갈 수 있어요.

폴린에게 무슨 일이 일어난 걸까요? 부모님이 큰 집을 물려주시기라도 한 걸까요? 오빠가 로또라도 당첨된 것일까요? 전혀! 그런 일은 없답니다. 폴린네 가족은 여전히 작은 아파트에서 살아요. 사실은 매우 간단한 일이 일어난 것뿐이에요. 작년에 시의원들과 시장이 도서관을 세우기로 결정해서 두 달 전에 도서관이 완성되었어요. 그것도 폴린네 집 바로 옆에요. 도서관은 평일 저녁에는 밤 10시까지 이용할 수 있지요. 폴린은 저녁을 먹고 나서 도서관의 큰 독서실에서 공부를 하고 원하는 대

로 컴퓨터를 쓸 수 있게 되었답니다.

이처럼 정치하는 사람들은 많은 사람들을 더 부자로 만들어 줘요. 부유한 사람들과 그렇지 못한 사람들의 차이를 줄여 주는 것이지요.

아마도 폴린은 농구 선수 윌트에게 그가 내는 세금으로 사람들이 할 수 있는 것이 얼마나 많은지에 대해 긴 편지를 쓸지도 모르겠어요.

영화를 위한 모금함

매주 수요일이 되면 로라, 루시, 자니스와 마티스는 영화관에 갑니다.

"오늘 난 못 가. 벌로 용돈을 못 받았어."

자니스가 슬픈 얼굴로 말했어요.

"안됐구나! 어떡하지? 우린 자니스 네 영화표를 살 돈이 없는데."

친구들이 돈을 세어 보며 미안해 합니다.

그날 저녁 루시는 자니스 생각을 했어요. 자니스가 돈이 없을 때 도와줄 수 있으면 참 좋을 거라고요.

목요일 아침, 루시는 로라, 자니스, 마티스에게 자기가 생각한 것을 얘기했어요.

"그게 뭔데?"

마티스가 질문했어요.

"저금통 같은 거지. 네 명이 각자 조금씩 돈을 모으는 거야."

"돈이 모이면 어떻게 할 건데?"

자니스가 물었어요.

"우리 넷을 위해 쓰는 거야! 이렇게 하면 우리 중 한 사람에게 돈이 없을 때에도 다 함께 영화를 볼 수 있어. 모금한 돈으로 표를 사면 되잖아."

쉬는 시간에 네 아이는 매주 75센트씩 모금함에 넣기

로 약속했어요.

"근데, 난 절대 벌 받는 일은 없을 거야."

로라는 망설이는 눈치였어요.

"모금함의 도움을 받을 일은 없을 거라고!"

"그건 모르는 일이지!"

마티스가 로라의 말을 가로막으며 말했어요.

"돈을 잃어버리거나 누가 훔쳐 갈 수도 있잖아. 그럴 때 모금함이 너를 도와줄 거야."

다시 쉬는 시간이 되자 네 아이는 늘 같은 사람이 모금함의 돈을 쓰게 되는 건 아닌지 질문을 해요.

"모금함의 돈을 쓰려고 벌을 받았다고 거짓말을 하면?"

루시는 그런 문제가 걱정이 되는 모양이에요.

결국 네 친구들은 규칙을 정확하게 적고 로라의 빨간

나무 상자를 모금함으로 쓰기로 해요.

어쩌면 앞으로 모금함을 쓸 일이 전혀 없을지도 몰라요. 아니면 모금함에 굉장히 많은 돈이 모여 다 함께 세계 여행을 떠날 수도 있고요! 하지만 지금으로선 아무 일도 예상할 수 없어요. 루시가 돈을 도둑맞거나, 마티스가 돈을 잃어버리거나, 자니스가 다시 벌을 받거나, 로라의 오빠가 돈을 억지로 빌리거나 하는 일들 말이지요. 어쨌든 넷은 다시 매주 영화관에 함께 갈 수 있을 거예요.

연대감

가난한 사람들이나 어려운 형편에 놓인 사람들을 돕는 자선단체에 돈을 기부하는 사람들이 있어요. 마음이 정말 따뜻한 사람들이지요. 이 사람들은 스스로 자기가 가진 부의 일부를 나누기로 결정하고, 얼마를 누구에게 줄 것인지도 정한답니다.

루시, 자니스, 로라, 마티스의 부모님도 다른 수만 명의 어른들처럼 해마다 보험회사에 보험료를 지불해요. 홍수로 피해를 입거나 집에 불이 났을 경우 보험에 든 돈이 집을 다시 짓는 데 도움을 주지요.

만일 누군가의 집에 다른 사람이 불을 내면 보험회사에서 그 집을 다시 짓도록 도와줍니다. 그 사람이 누군지 몰라도 상관없어요. 그렇다면 사람들은 불이 난 다른 사람들을 돕기 위해 보험 회사에 돈을 내는 것일까요?

그렇지 않아요. 사람들은 저마다 "만약 나에게 무슨 일이 일어나면 어떻게 하지?" 하는 생각으로 보험을 든답니다.

정말 놀라운 일이죠. 오로지 자기 자신의 일을 걱정하는 것뿐인데도 이처럼 모금함을 만들어 내고, 보험을 만들고, 건강 보험, 연금 보험, 노동조합 등 단체를 만들어 내니까요. 사람들은 자기 자신을 보호하는 동시에 다른 사람들을 보호합니다. 이처럼 사람들 사이에는 서로를 의지하는 연대감이 생기게 되는 것이랍니다.

우리를
위해!

나만의 철학 맛보기 노트

진짜 철학 맛보기

가끔씩 친구들 두세 명 또는 여럿이서 모여 영화를 보거나 놀이를 하지요. 또 발표 숙제를 준비하거나 음악을 듣기도 하고요. 때로는 친구들과 있으면서 특별히 무언가를 하지 않을 때가 있는데, 이럴 땐 모두가 관심 있어 하는 주제에 대해 대화를 나누어 보세요.

대화를 하다 보면 부모님, 선생님, 친구, 사랑, 전쟁, 부끄러움, 불공평 등 다양한 주제로 이야기가 이어져요. 그러면서 우리는 다른 세상을 꿈꾸지요!

그러다가 밤이 되어 혼자가 되면 그 주제에 대해 다시 생각합니다.

진짜 철학 맛보기

다른 사람들과 세상의 모든 것에 대해 이야기를 나눌 수 있다는 것은 정말 좋은 일이에요. 물론 자기 말만 하고 도무지 남의 이야기를 들으려고 하지 않는 사람들과 있으면 의견 차이를 좁히지 못해 화가 날 때도 있지만요.

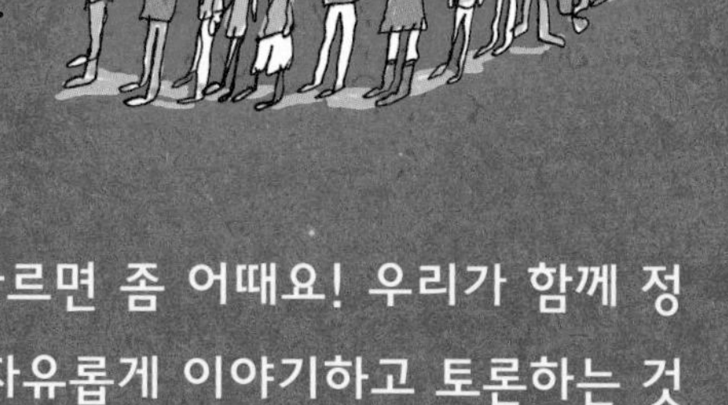

하지만 의견이 다르면 좀 어때요! 우리가 함께 정한 주제에 대해 자유롭게 이야기하고 토론하는 것이 더 중요하지 않을까요? 자기 집이나 친구 집, 학교에서도 이야기를 나누면 어떨까요?

진짜 철학 맛보기

진짜 철학 맛보기에 성공하고 싶다면 몇 가지 주의할 것들이 있답니다.

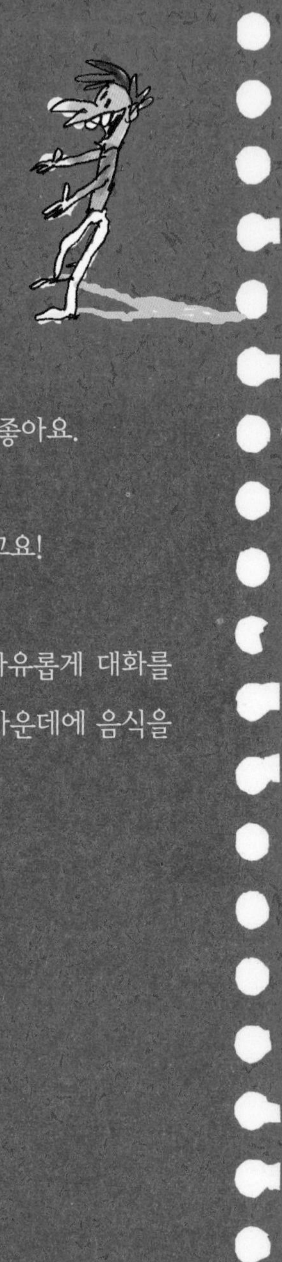

- 대화 참여자 수는 10명 이내로 하는 것이 좋아요.
- 마실 음료와 간식을 미리 준비해 두면 좋고요!
- 바닥에 앉아도 좋고, 각자 편한 자세로 자유롭게 대화를 나누는 겁니다. 둥글게 빙 둘러앉아서 한가운데에 음식을 놓을 수도 있습니다.

진짜 철학 맛보기

- 대화 주제를 미리 정한 것이 아니라면 누군가가 나서서 여러 가지 주제를 제안할 수 있지요.

- 각자 가장 마음에 두고 있는 주제를 내놓습니다. 자신의 선택을 미리 말해서 다른 사람에게 영향을 주지 않도록 주의해야 해요.

- 가장 인기 있는 주제를 투표로 결정합니다. 한 사람당 한 가지 주제만 선택할 수 있어요.

- 가장 많은 표를 받은 주제가 바로 오늘의 대화 주제가 되는 것입니다.

진짜 철학 맛보기

상대의 말에 귀를 기울이고, 서로 싸우지 않으면서 나와 다른 의견을 받아들여야 합니다. 그리고 모두에게 말할 수 있는 공평한 기회를 주어야 해요. 그러려면 어떻게 해야 하는지 다음 내용을 읽어 보고 실천해 봅시다!

자, 이제 시작할까요?
한 시간 정도 대화를 나눠 보세요!
뜻깊은 하루가 될 거예요!

진짜 철학 맛보기

부유함과 가난함

과일 주스와 과자도 있고 대화의 주제도 벌써 준비되어 있군요! 오늘의 주제는 바로 '부유함과 가난함'입니다. 만약 대화를 바로 시작하기 어렵다면 다음과 같이 해 봅시다. 서로 멀뚱멀뚱 쳐다보기만 하고 아무도 말을 하지 않을 경우도 있을 테니까요.

● 12~15쪽에 나오는 판사는 어떤 결정을 내려야 할까요? 가난한 사람들을 위해 부자의 재산을 훔친 로빈 후드는 도둑일까요, 영웅일까요?

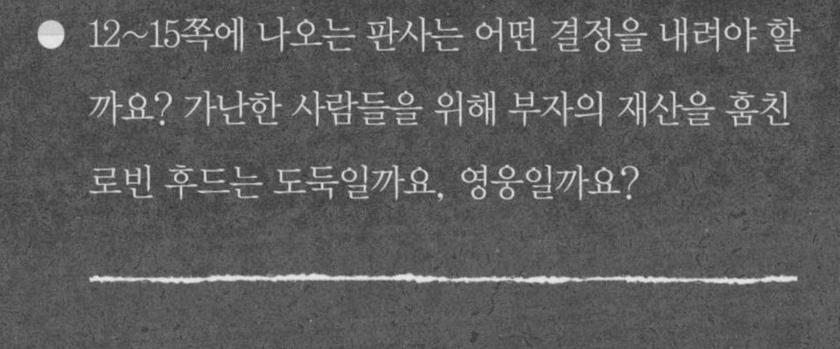

진짜 철학 맛보기

부유함과 가난함

- 16쪽에 나오는 빅토르의 생각에 동의하나요? 빅토르가 빵집 주인이 나쁘다고 생각한 이유는 무엇일까요?

____

____

____

- 27~28쪽에 나오는 설문조사 질문을 받게 된다면 어떤 대답을 할까요? 왜 그렇죠?

____

____

- 44쪽에서 폴린이 월트에게 편지를 쓴다는 내용이 나옵니다. 우리가 월트에게 편지를 쓴다면 무슨 내용을 쓸까요? ____________________________________

____

____

진짜 철학 맛보기

부유함과 가난함

친구들과 대화할 때 이 책을 활용해 보세요. 한 친구가 먼저 본문의 일부 또는 일화 한 편을 읽습니다. 그런 다음에 이와 비슷한 경험을 한 사람이 자신의 이야기를 들려줍니다. 그러고 나서 본문의 내용이 무엇을 의미하는지 서로 이야기를 나누세요.

스스로에게 질문을 할 수도 있고 다른 사람에게 질문을 할 수도 있어요. 질문에 대한 대답을 함께 찾아보세요. 확실한 대답을 찾기 어려운 질문도 있습니다. 왜냐하면 질문 속에 또 다른 문제들이 숨어 있거든요.

진짜 철학 맛보기

부유함과 가난함

몇 가지 예들을 생각나는 대로 적어 보면 다음과 같아요. 다음 질문에 전부 대답하려면 아마 몇 시간은 걸릴 거예요!

"부자와 가난한 사람이 있다는 것은 불공평한 일인가요?"

"너그러움과 연대감의 차이는 무엇인가요?"

"너무 심하게 부자인 상태라는 게 있는 걸까요?"

"어느 정도를 가난하다고 말할 수 있나요?"

"부자들은 다 못됐나요?"

"정치를 하는 사람들에게 편지를 쓴다면 가난한 사람들이 줄어들게 하기 위해 어떤 제안을 할 건가요?"

"모든 사람이 똑같이 부를 나누어야 할까요?"

이제 여러분이 대답할 차례예요!
철학 맛보기 시간!
여러분의 생각을 표현해 보세요!

내 생각은...

내 각은 · · ·

내 생각은

내 이야기는...

내 이야기는...

철학 맛보기 시리즈

〈철학 맛보기〉 시리즈는 계속해서 출간될 예정입니다.

01 사람이 죽지 않으면 어떻게 될까요? – 삶과 죽음
02 돈은 마술 지팡이 같아요 – 일과 돈
03 시간을 우습게 볼 수 없어요 – 시간과 삶
04 힘센 사람이 이기는 건 이제 끝 – 전쟁과 평화
05 알 수 없는 건 힘들어요 – 신과 종교
06 이건 불공평해요! – 공평과 불공평
07 왜 남자, 여자가 있나요? – 남자와 여자
08 지식은 쓸모가 많아요 – 아는 것과 모르는 것
09 좋은 일? 나쁜 일? – 선과 악
10 거짓말은 왜 나쁠까요? – 진실과 거짓
11 우리는 자연 속에 있어요 – 자연과 환경 오염
12 내가 만약 어른이 된다면 – 아이와 어른
13 나는 누구일까요? – 존재한다는 것
14 대장이 되고 싶어요 – 대장이 된다는 것
15 내가 결정할 거예요 – 자유롭다는 것

★ 어린이도서관연구소 추천도서
★ 서울교육대학교 부설 초등학교 전 학년 권장도서
★ 아침독서운동추진본부 추천도서
★ 책따세 권장도서

16 우리는 왜 아름다움에 끌릴까요? – 아름다움과 추함
17 나를 이기는 게 진짜 성공이에요 – 성공과 실패
18 날마다 용기가 필요해요 – 용기와 겁
19 행복은 항상 눈앞에 있어요 – 행복과 불행
20 폭력으로는 해결할 수 없어요 – 폭력과 비폭력
21 두근거리면 사랑일까요? – 사랑과 우정
22 나는 내가 자랑스러워요 – 자부심과 부끄러움
23 말을 하는 것은 어려워요 – 말과 침묵
24 정신은 어디에 있나요? – 몸과 정신
25 난 찬성하지 않아요 – 찬성과 반대
26 인간은 왜 동물과 다른가요? – 인간과 동물
27 법이 존재하지 않는다면 – 권리와 의무
28 개미는 왜 베짱이를 돕지 않나요? – 부유함과 가난함
29 꿈은 이루어질까요? – 가능과 불가능
30 새끼 고양이가 죽었어요 – 기쁨과 슬픔

〈철학 맛보기〉 시리즈는 우리 주변에서 일어나는 일상의 일들을 생각해보는 '생활 철학'입니다. 어린이의 눈높이에 맞게 생활 속의 이야기를 들려주고 아이들 스스로 논리적 사고를 할 수 있도록 도와줍니다.